CCTV

104集大型动画片《孔子》抓帧版系列丛书

孔子 ㉓

含悲离乡

青岛出版社 QINGDAO PUBLISHING HOUSE | 国家一级出版社 全国百佳图书出版单位

历时两年、耗资4000万元的大型动画片《孔子》，经过作家、艺术家、动漫专家、儒学专家们的共同努力，即将正式与广大观众见面，其抓帧版图书亦将同步推出。这是一件可喜可贺的事情。

孔子是我国春秋末期伟大的思想家、教育家，是儒家学派的创始人。2000多年来，孔子思想及其儒学在中国乃至世界范围内产生了广泛而持久的影响，早已是世界文化的重要组成部分。进入21世纪，随着中国经济的崛起与中华民族的复兴，世人开始重新审视中国文化。在全球范围内，有越来越多的人士希望从思想上、文化上了解中国，世界各地掀起了汉语热、孔子热、中华文化热。在这样一个大背景下，挖掘中华文化源头中具有生命力的丰富蕴涵，特别是博大精深的孔子思想和儒家文化，让世界了解中国古代先哲的智慧，从而在全球文化的碰撞、整合中提升中国文化的影响力，增强中国的软实力，当然是十分有意义的。同时，加强对我国青少年进行优秀传统文化教育，让年轻一代在学习现代科学文化知识的同时，对中华传统文化有一个全面、正确的理解，以增强民族自信心和自豪感，从精神上丰富自己，从学识上武装自己，成为传统文化的继承者、先进文化的创造者和社会主义和谐社会的建设者，也是摆在我们面前的一项重大而紧迫的任务。

正是基于这些考虑，中共山东省委宣传部、中国孔子基金会、山东省广播电影电视局、深圳崇德影视传媒有限公司、中央电视台联合推出了大型动画片《孔子》。

动画片《孔子》的创作坚持思想性、历史性、艺术性、趣味性并重的原则，旨在通过现代传播手段，以青少年喜闻乐见的动漫形式，再现2000多年前孔子的成长历程以及儒家文化的历史渊源。在创作过程中，我们以历史资料为依据，尽量剥去附庸在孔子身上的功利性的色彩，力求还原孔子的本来面貌和真实思想。在这种指导思想下完成制作的动画片，讲述了孔子如何从一个贫贱少年成长为万世师表的励志故事，将一个活泼、博学、幽默、亲切而严谨的孔子形象呈现在观众和读者面前，很好地实现了博大精深的传统文化与青少年最喜欢的动漫的对接，必将推动孔子思想走入千家万户，走向世界，走入青少年的心中。可以说，动画片《孔子》及其抓帧版图书的推出功在当代，利在千秋。

无论是研究还是传播孔子思想，都要以中国特色社会主义理论为指导，要用辩证唯物主义与历史唯物主义的观点来认真对待祖先留给我们的宝贵财富。对孔子思想中一切好的东西，我们都要很好地继承，很好地传播。如"为政以德，譬如北辰，居其所而众星共之"、"其身正，不令而行；其身不正，虽令不从"、"己欲立而立人，己欲达而达人"、"己所不欲，勿施于人"、"言忠信，行笃敬"、"德不孤，必有邻"等等，这些2000多年前的话语充满了人生智慧，今天我们读来仍倍受启迪。但是，由于时代的局限，孔子思想中也有一些不合时宜的东西。我们对待传统文化必须采取"扬弃"的辩证态度，取其精华，去其糟粕，从中汲取积极的因素，为构建社会主义和谐社会服务。只有这样，我们才能将传统文化发扬光大。

值得一提的是，该片的制作，因初衷的相同，获得了韩国著名企业好丽友食品公司的支持，这充分说明孔子思想在国际上有深远的影响。

借动画片《孔子》开播和抓帧版图书出版的机会，说了上面这些话。是为序。

中国孔子基金会 会长 韩喜凯

2009年9月8日

主要人物介绍

皮休

皮休 原是鲁国太庙墙上可爱的吉祥神兽——貔貅，幼时在尼山出现，机缘巧合之下被少年孔丘救下，从此追随孔丘。如今它待在孔府的墙上，拥有把现代人带到两千多年前的孔子时代的能力。

孔子

孔丘 字仲尼，春秋时期鲁国人，生于公元前551年。三岁丧父，家境贫寒，与母亲颜氏相依为命。他是一个非常有志气的孩子，聪慧多思，乐观坚强，生长于逆境而胸怀鸿鹄之志，遭逢乱世而始终抱持高洁理想，最终通过自身的努力成长为中国古代最伟大的思想家、教育家——孔子。

子路

子路 名为仲由，子路是他的字。他是孔子的得意门生，以擅长政事见称，为人直率鲁莽，好勇力，事亲至孝。他发自内心地追随孔子，是孔子众弟子中个性最鲜明的一个。

季桓子

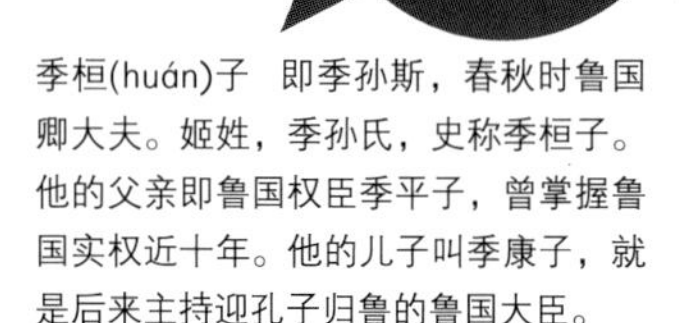

季桓(huán)子　即季孙斯，春秋时鲁国卿大夫。姬姓，季孙氏，史称季桓子。他的父亲即鲁国权臣季平子，曾掌握鲁国实权近十年。他的儿子叫季康子，就是后来主持迎孔子归鲁的鲁国大臣。

东野毕

东野毕　春秋时期鲁国国君鲁定公的御手，驾车技术高超。在动画片《孔子》中，他被设定为大反派阳虎的爪牙。颜回曾预言：东野毕虽然精通驾车，但因为他总是穷尽马力，所以必然会翻车。后来果然如此。

子服景伯

子服景伯　鲁国大夫，姓子服名伯，景是他的谥号。他是与孔子同时代的鲁国贵族，为人直率鲁莽，虽不是孔子的弟子，但对孔子的推崇却决不在孔子众弟子之下。

师己

师己　鲁国掌管礼乐的乐师。他与孔子是好朋友。

第73集 膰俎(fán zǔ)

孔丘在焦急地来回踱步。

季氏大人为何闭门谢客，不理政事?
他这样已经三天了。

这下完了……
大司寇。

你告诉大
司寇。
嗯……
季氏大人去驿（yì）
馆观看齐国女乐了！
什么？

季氏大人乔装
成百姓，去了
三次……
荒唐！
小人怕遭到
责骂，所以
不敢劝说。

东野毕说，
齐国人有一种迷香。
谁若闻了，便欲罢不能。
能迷惑季氏大人的，只有他自己！还有谁去了？

国君……

国君也去了？

嗯。

经过一夜的欢歌热舞，驿馆内一片狼藉。

呼呼
天已大亮，季桓(huán)子还在呼呼大睡。

齐国大夫犁弥在暗中窥(kuī)视……
哗啦
国……国君?
您的国君已经走了。大人，不如您带我进城吧。
恐怕不行。
以大人在鲁国的地位，国君也无可奈何。
只要您答应，臣妾就可以日夜为您跳舞了。
齐国舞女容玑向季桓子撒起了娇。

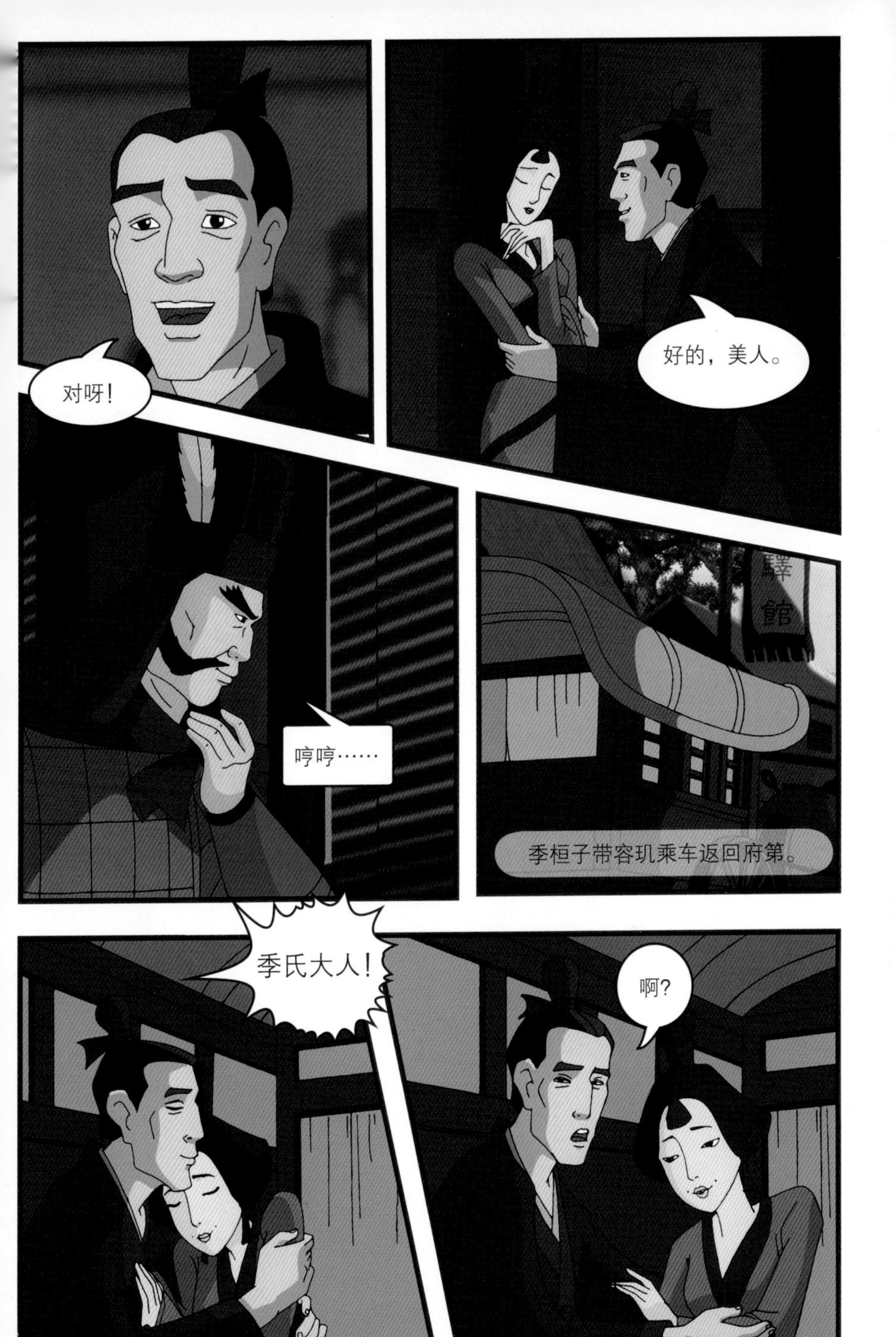
对呀！
好的，美人。
哼哼……
驛館
季桓子带容玑乘车返回府第。
季氏大人！
啊？

原来是孔丘叫停了马车。

这……齐国的礼物，不收下来，就太失礼了……
今天是鲁国郊祭(jì)的日子，大人忘了吗？

哦，我没忘，我马上准备。
荒唐，季氏大人糊涂啊！
季桓子的马车匆匆离去……

我原本想从鲁国开始，创造一个人人安乐的世界。可从堕(huī)三都到今天，越来越难了。
唉！
先生，难过也没有用呀！

是呀！

要不，离开吧。天下如此之大，可以另寻明君呀。
再等一等，看郊祭之后会怎么样。

郊祭？

祭祀的场面十分盛大。

鲁国的文武百官都来到了祭祀现场。

这不就是烤肉吗?
这是祭祀用的。烤熟的祭肉叫“膰(fán)”，底下的祭器叫“俎(zǔ)”。

膰

俎

郊祭后，膰俎要分给各位大夫。能得到膰俎，说明受尊重。
难怪先生要等等看。
礼仪官首先递给鲁定公一把长扫帚。
国君为何扫地?
扫地行礼，代表清洁天地。

季桓子匆匆走到了孔丘身边。孔丘一言不发。
大司寇，还在生我的气？
齐国送来女乐，意在离间鲁国君臣。
那我们更不该起争执嘛。
孔丘必须尽职！
哼，尽职？我会让你知道尽职的滋味。

郊祭开始——

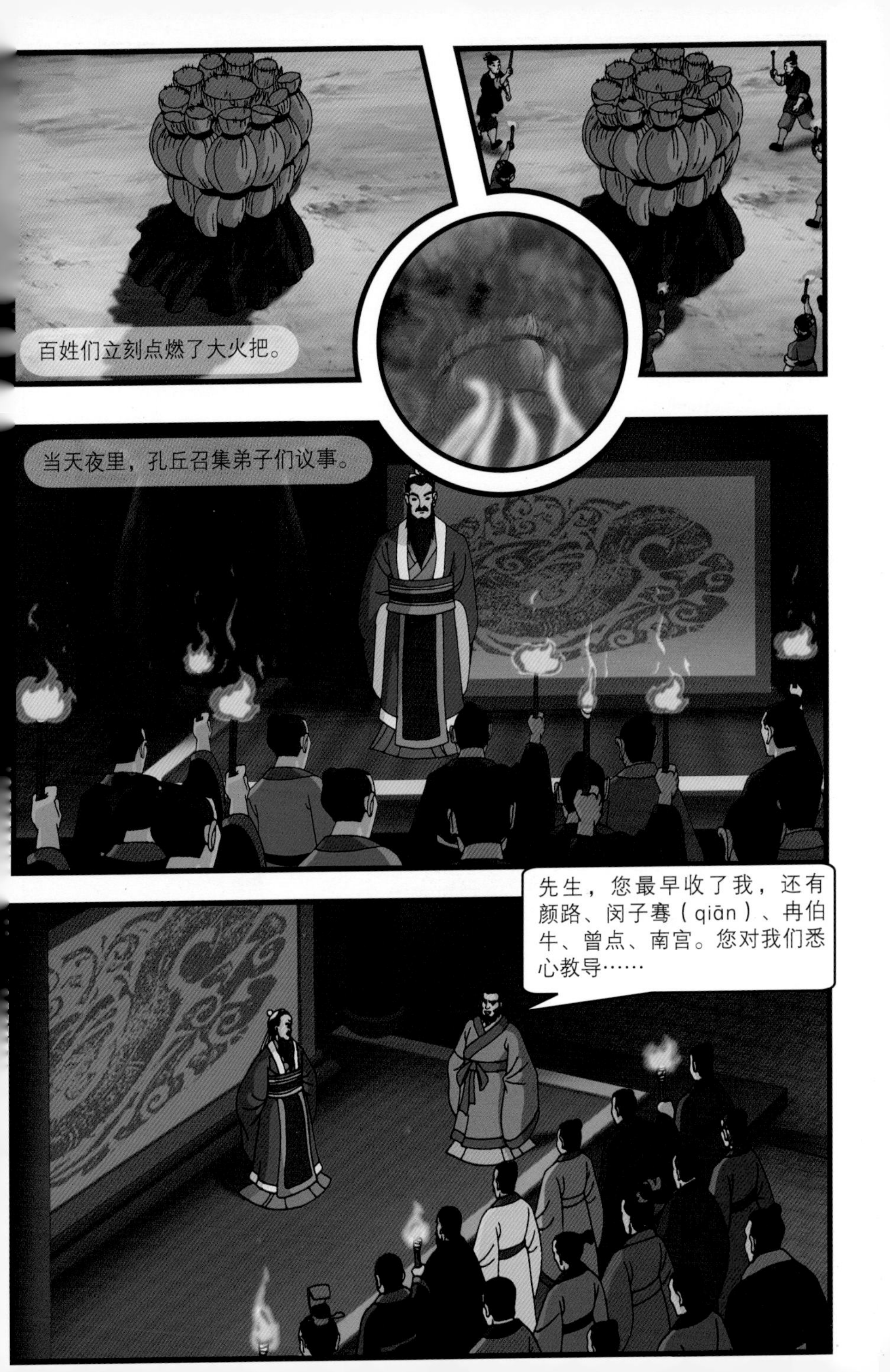
百姓们立刻点燃了大火把。
当天夜里，孔丘召集弟子们议事。
先生，您最早收了我，还有颜路、闵子骞（qiān）、冉伯牛、曾点、南宫。您对我们悉心教导……

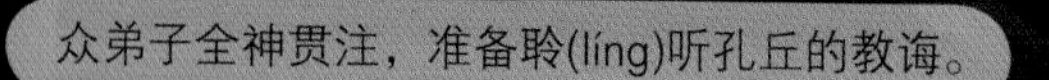
众弟子全神贯注，准备聆(líng)听孔丘的教诲。

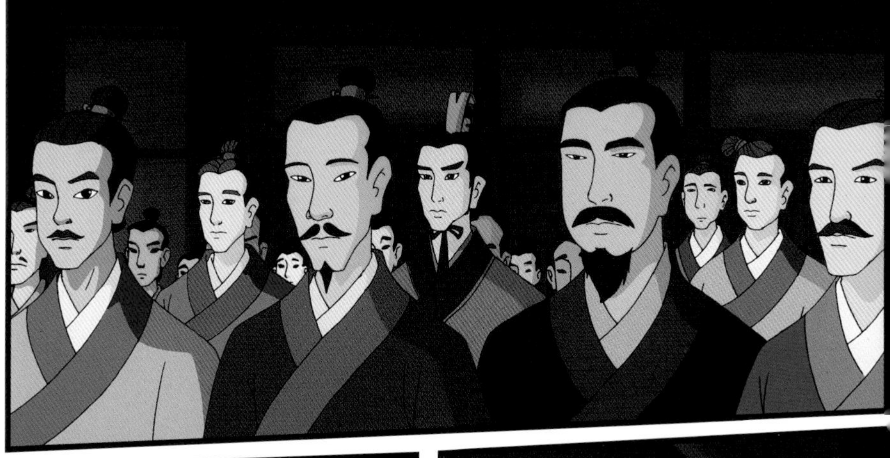

是呀，我还记忆犹新。

后来，您又收下了颜渊、子贡、冉有、宰予、公冶长……

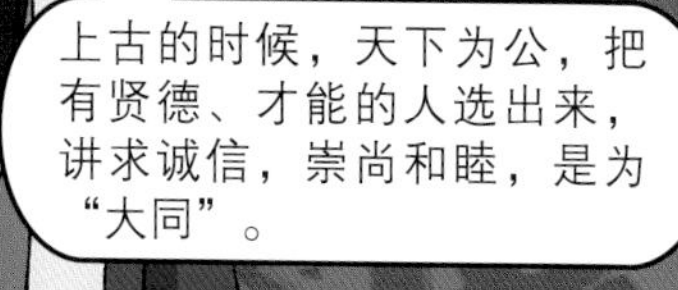
上古的时候，天下为公，把有贤德、才能的人选出来，讲求诚信，崇尚和睦，是为“大同”。

但是现在，大道已经消逝。天下为私家所有，人们只知疼爱自己，不愿考虑他人。我在鲁国努力了大半辈子，却始终未能实现我的理想，该考虑离开了。
先生，我们跟您一起走！
让我再想想……
先生，我们跟您走，跟您一起走！

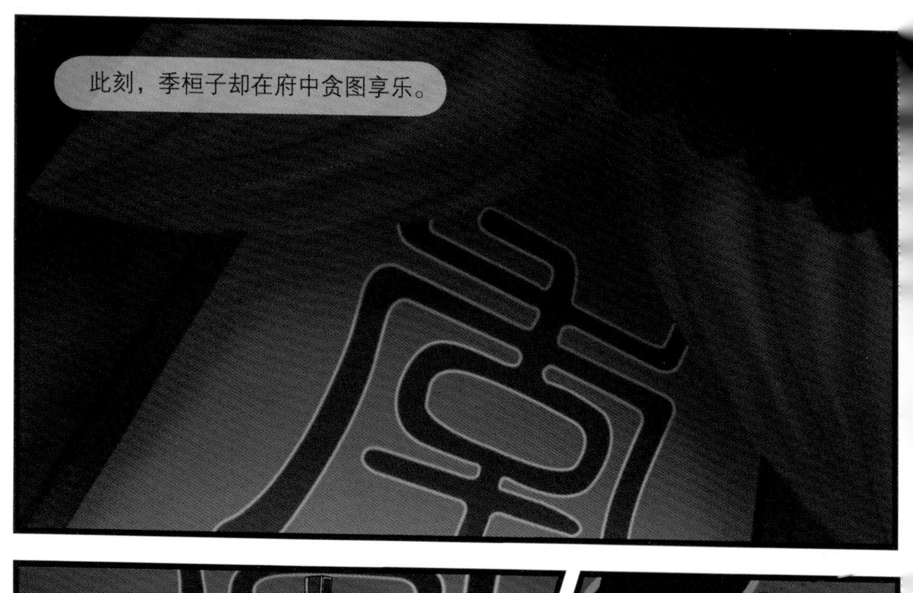
此刻，季桓子却在府中贪图享乐。

再来一杯！

大人，膰俎是不是该分发下去啦?
发下去吧!
是。

等等，东野毕。
有什么吩咐，大人?

大人为何烦恼?
我在考虑这膰俎是否要分给一个人。

谁让大人不
痛快，就不
分给他！
有道理……我先去
跟国君打个招呼。
东野毕，备车！
去哪儿呀？

进宫面见国君！

驿馆里空荡荡的。犁弥打算返回齐国。
大人，鲁国季氏已经收下容玑。
哈哈，一旦孔丘被逼离开，十年之内，齐国将不会再有对手。
夜幕下，东野毕驾车在国都曲阜的街道上狂奔。
驾—驾—

吁——
啊?

原来是子路和子贡拦在了路中间。

子路和子贡把东野毕带到了孔丘府中。
把你知道的再说一次。
按季氏大人吩咐，小的已把膰俎分给了各位大夫……
那大司寇的呢?
季氏大人没分给大司寇……
国君知道吗?
嗯。

为什么呀？为什么不分给大司寇？岂有此理！太过分了！

东野毕，你可以走了。

是。
我原本还寄一线希望于国君……如此看来，我是真的该走了。

听了孔丘的话，弟子们伤心地落下了泪。

都别哭了！

别这么大声音！小
心惊动师母……

孔丘的夫人亓(qí)官氏在孔鲤的搀扶下来到前厅。

我已经都听到了。
夫人。

既然鲁国容不下你，你就带着他们去追求理想吧。
没错！

追随先生，
追随先生！
多好的年轻人啊。
是啊……

郊外，皮休点燃了一堆篝(gōu)火，打算实施它的计划……

皮休拿出了一块齐国的香饼……

嘿嘿，让可恶的羵(fén)羊也尝尝这个宝贝！

香饼落在火堆里，冒出一道白烟，向四周弥漫……

第74集 屯地

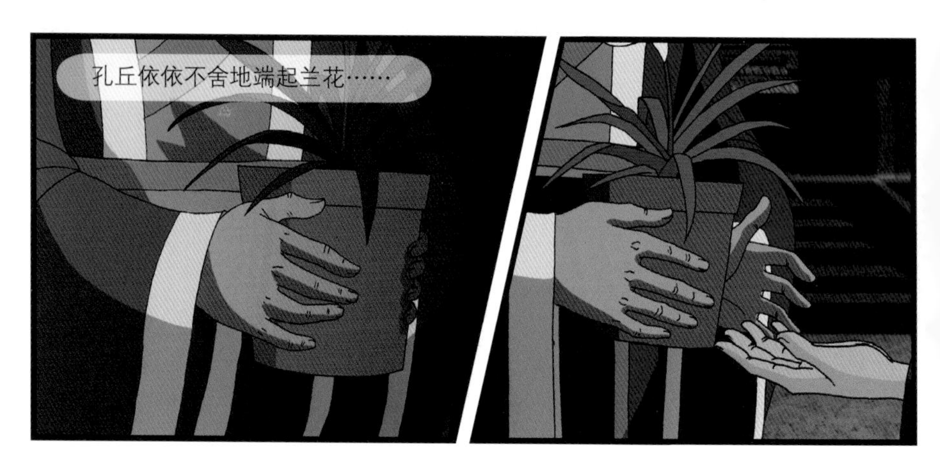
孔丘依依不舍地端起兰花……

交给你了！

有家小的弟子，以及太年幼的弟子，暂且留在鲁国吧。
先生，我们舍不得你啊！

夫人，家里的事全靠你了。
嗯，放心吧。
孔鲤，好好照顾母亲，记得多读《诗》。
是。不学诗，无以言。

还有一句：不学礼，无以立。
孩儿记住了。

先生，您什么时候回来?
少则一两年，多则三五年。到底多久，谁知道呢?

父亲，您是五十多岁
的人了，一路保重！

驾。
等一下！

先生有何吩咐?

皮休不见了，你
去找找。

找到皮休后，要
给先生送去吗?

不用了。有缘就
会再相见。
知道了，我会好
好照顾它的。

孔丘再次回头，望向妻儿与众弟子。

走吧。
驾！

先生……

深夜，东野毕匆匆来见鲁国乐师师己。

东野毕，发生什么事了？

大司寇走了！
什么？大司寇要去哪儿？

不知道，只说要离开鲁国。
多长时间了？你怎么才跟我说？
快起来，先去见子服景伯，再去见季氏大人！

孔丘一行的马车在夜色中飞驰。
前方是哪儿?
屯地。
先生，到屯地歇息吧。
驾!

季桓(huán)子一边饮酒，一边欣赏容玑跳舞。
鲁国大夫子服景伯和师己闯了进来。
砰——
什么事?
大司寇要离开鲁国了!
哦?

二位，就算大司寇不走，国君也不打算再用他了。
此事与您有莫大关系，请您劝说国君让大司寇回来吧。

孔丘总说我僭(jiàn)越公室，为难于我。我为什么要让他回来?

子服景伯听了季桓子的话十分生气。
大人怎能这样小气!
哗啦!

啊！
摔碎一只玉盘，大人便心痛变色。如今鲁国要失去栋梁之才了，大人竟要坐视不管吗？
我……

大人不必烦恼，此事最好从长计议。
音乐！

子服景伯愤怒极了，想要冲向季桓子……
你先去追赶大司寇，别让他出了国境。
那，这儿呢？
我留下，劝说季氏大人回心转意。
好，我走了。

此刻，皮休正在郊外继续实施它的计划……
皮休用树叶把篝(gōu)火扇得很旺。
我先用树叶把鼻孔塞住。
白烟飘向山谷的深处……

刷刷
啊，有情况！

哈，羵(fén)羊来了。

好戏要上演了！

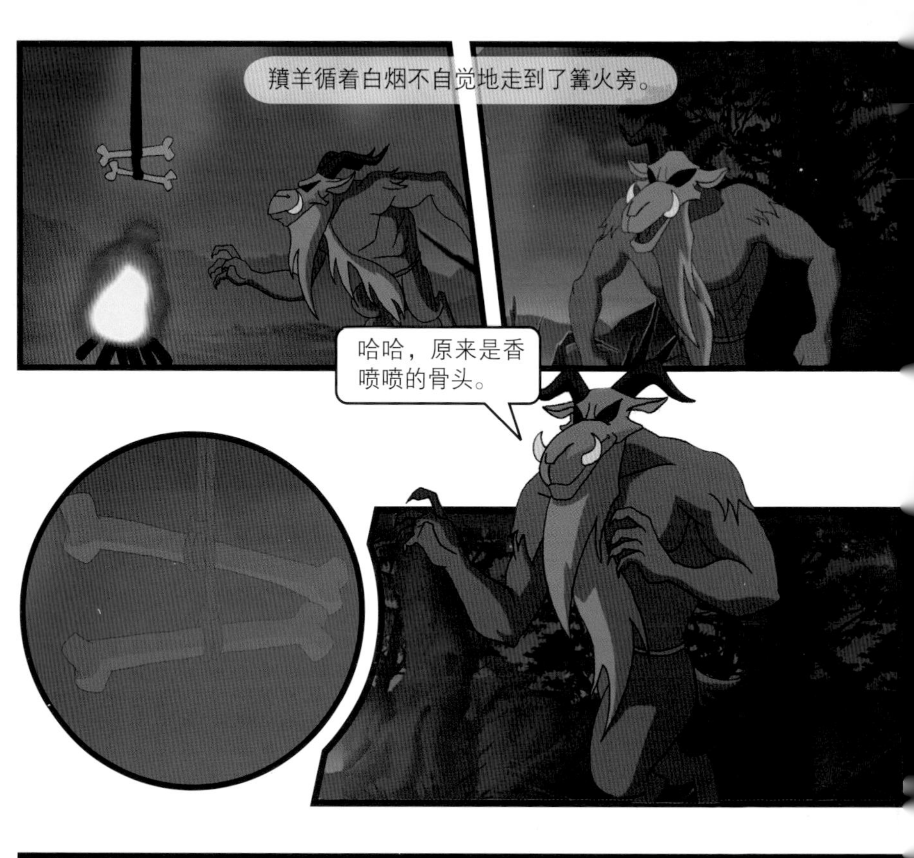
羱羊循着白烟不自觉地走到了篝火旁。
哈哈，原来是香喷喷的骨头。

怎么抓不着啊！

皮休提着一根木棒，悄悄地摸到了羱羊身后……

嘿，吃我一棒！

皮休连打了几棒，结果都扑了空。

皮休不甘心……
嘿！
呀！
嘿！
呼！

皮休使出它的超级无敌连环棒，但招招都被羱羊给化解了。

羵羊还是迷迷糊糊的……
累死我了！
火里的迷香烧完了，白烟消失了。
羵羊醒悟过来……
不好！

放开我！救
命啊！
嗷
皮休吓坏了，赶紧把剩下的迷香扔进火里。

渐渐地，羵羊又失去了意识。

烫死我了！

哈哈，知道我的厉害了吧?

羱羊拿出蛋壳陶杯，朝火里挥去……

羱羊用蛋壳陶杯取出了那块香饼，深深地吸了口气。

站住!

差点儿就憋死我了……

站住！哪里逃!

羵羊跌跌撞撞地朝悬崖高处走去……

啊！
羵羊！

嗷

羱羊回头看皮休，吓得皮休连连后退。

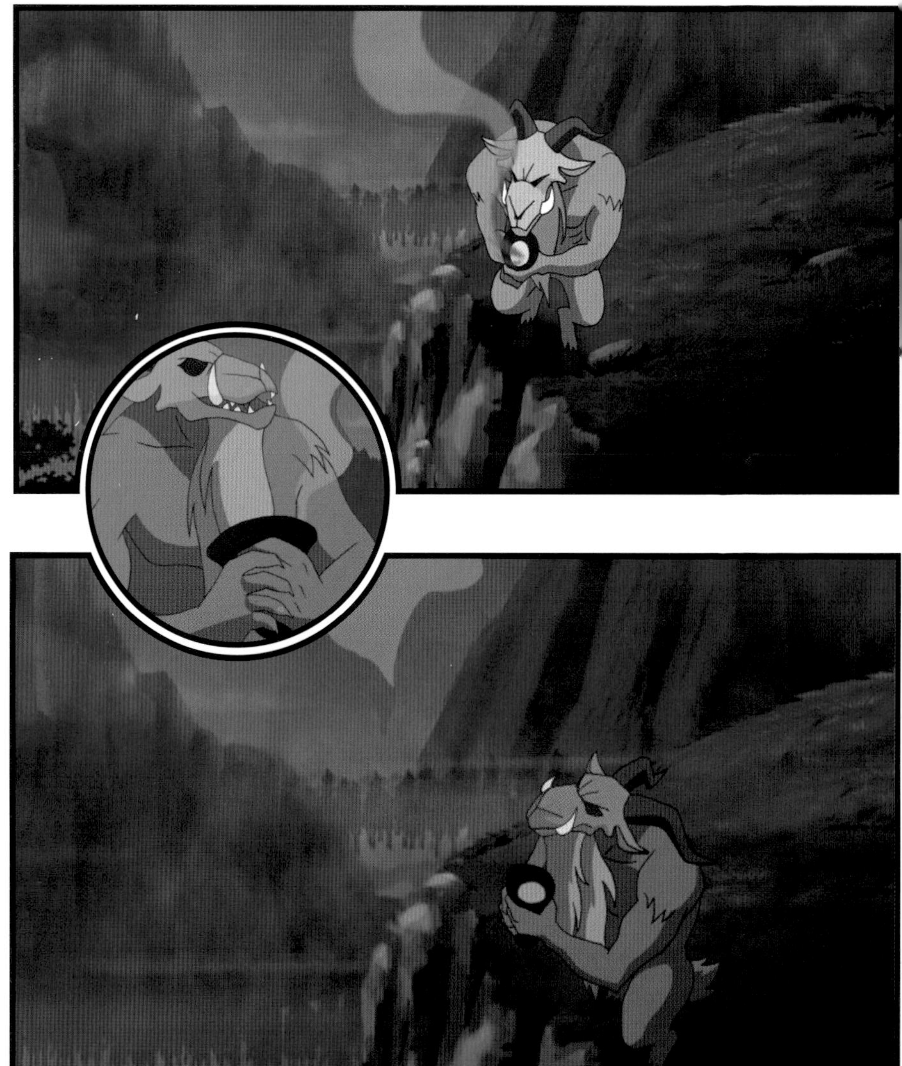

香饼燃烧成了灰烬，冒出最后一股白烟。

在羱羊眼中，白烟幻化成了骨头……

危险，别往前走了！

你虽然做过很多坏事，但只要肯悔改，我会给你机会的……

骨头!
危险!

羬羊一脚踏空，挥舞着四肢，从
悬崖上坠落了下去。

嗷

呜呜，羬羊
没了……

皮休急匆匆地跑回来找兰花。

兰花姐姐，羵羊没了！兰花姐姐——

咦，人呢?

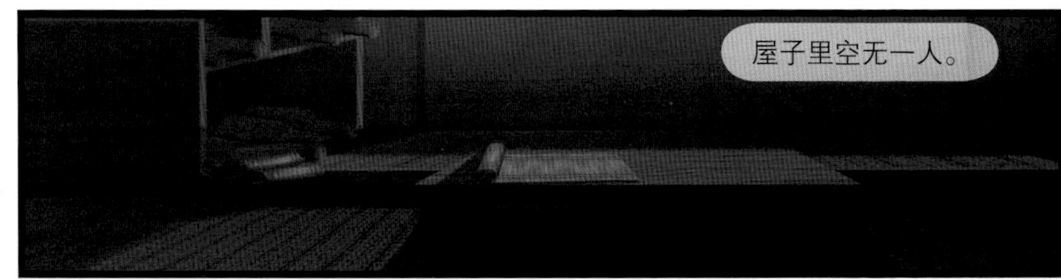
屋子里空无一人。

皮休焦急地四下寻找……

兰花姐姐!

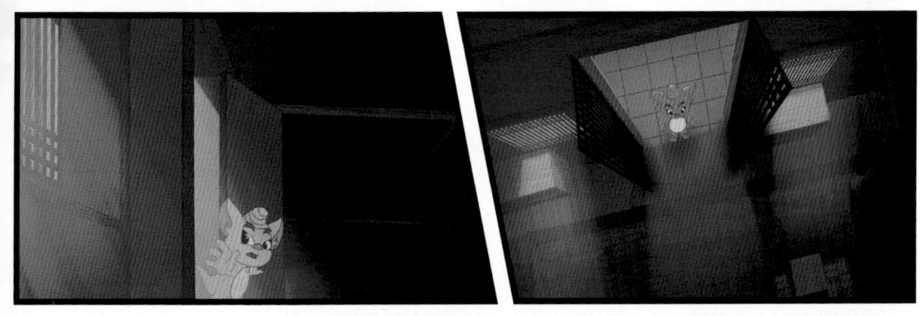

兰花姐姐，你去哪儿了？出什么事了？

啾啾。
小商羊，兰花姐姐呢?
大獒阿仁伤心地直摇头。

皮休向屋外冲去。

哎哟!

皮休，父亲离开鲁国了。

我们正在帮他把东西搬出府第。
先生走了……
你躲到哪里去了？我们一直在找你。
怎么不带上我呢……
先生要去很久，以后我会照顾你的。

孔丘一行来到了鲁国边境，停下来稍作休息。
再往前走，就要离开鲁国了。
先生，有辆车来了……

原来是子服景伯追了来。
请留步！
大司寇，师己在劝说季氏大人，你先不要走！

远方天边的乌云下，露出了一抹鱼肚白。

第75集 去鲁

国学常识有奖问答
你知道“盨(xǔ)”这种青铜器是用来干什么的吗?

孔丘望着国都的方向，等待着消息。
大司寇，我们再等等师己的消息吧。
好吧!

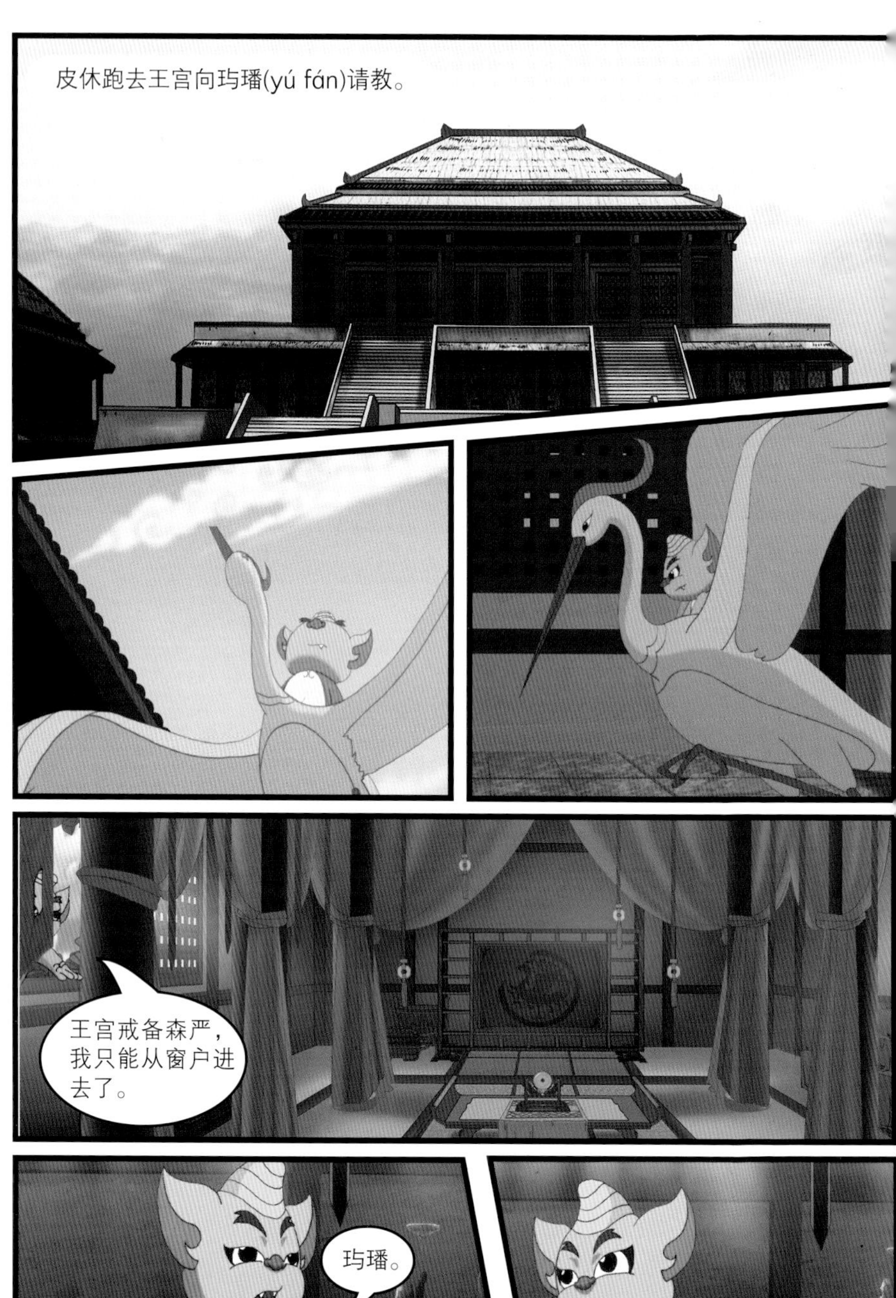
皮休跑去王宫向玙璠(yú fán)请教。
王宫戒备森严，我只能从窗户进去了。

玙璠。

皮休飞快地把门闩(shuān)插上。

玙璠，先生走了，我应该跟着去吗?

玙璠开始发光，出现了幻象……

风沙之中，孔丘等人艰难地前行。

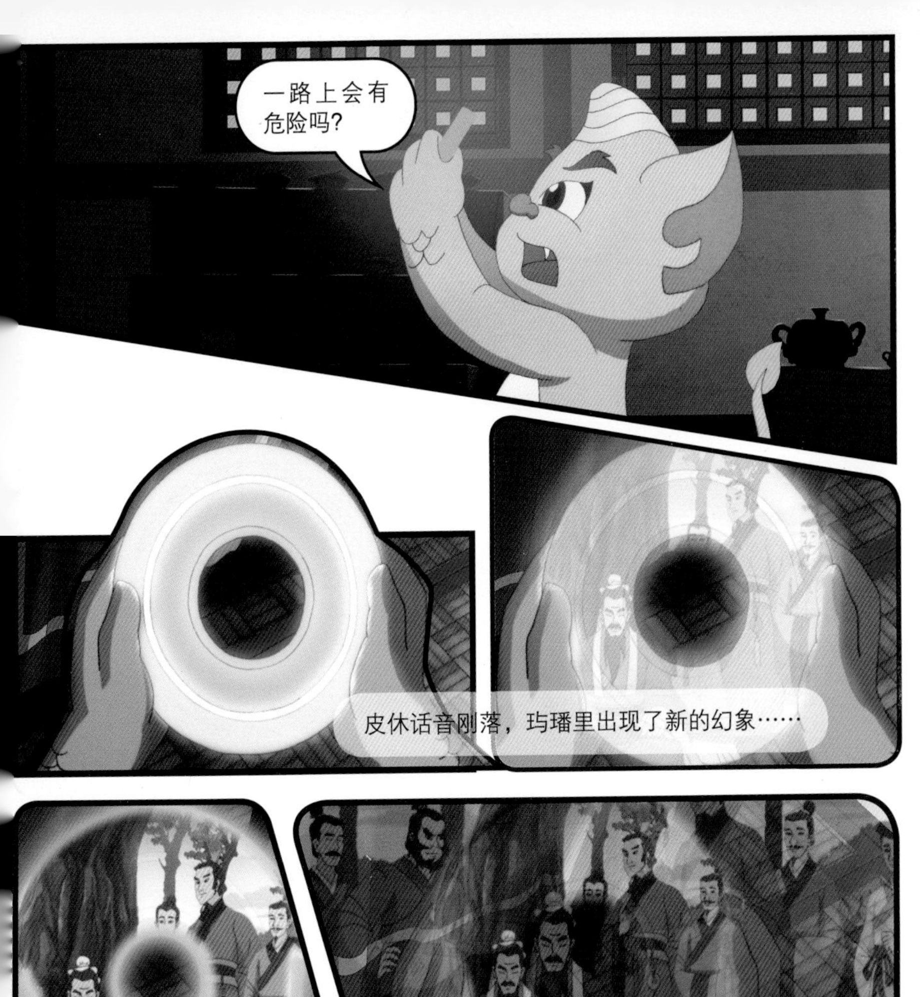
一路上会有
危险吗?
皮休话音刚落，玛璠里出现了新的幻象……

孔丘，我杀了你！
咔！
啊？不会吧！

正在此时，东野毕到太庙借玙璠来了。
季氏大人要去太庙，欲借国君的玙璠一用。
这是季氏大人的帛(bó)书。

咚咚咚
怎么打不开?
玛璠，你能再多
告诉我一些吗?

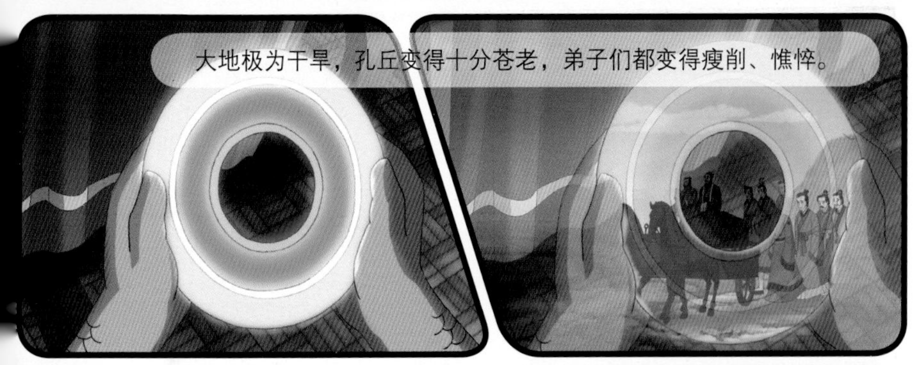
大地极为干旱，孔丘变得十分苍老，弟子们都变得瘦削、憔悴。

孔丘一行在旷野中缓缓前进。

我实在走不动了！

颜回一头栽倒在地上。

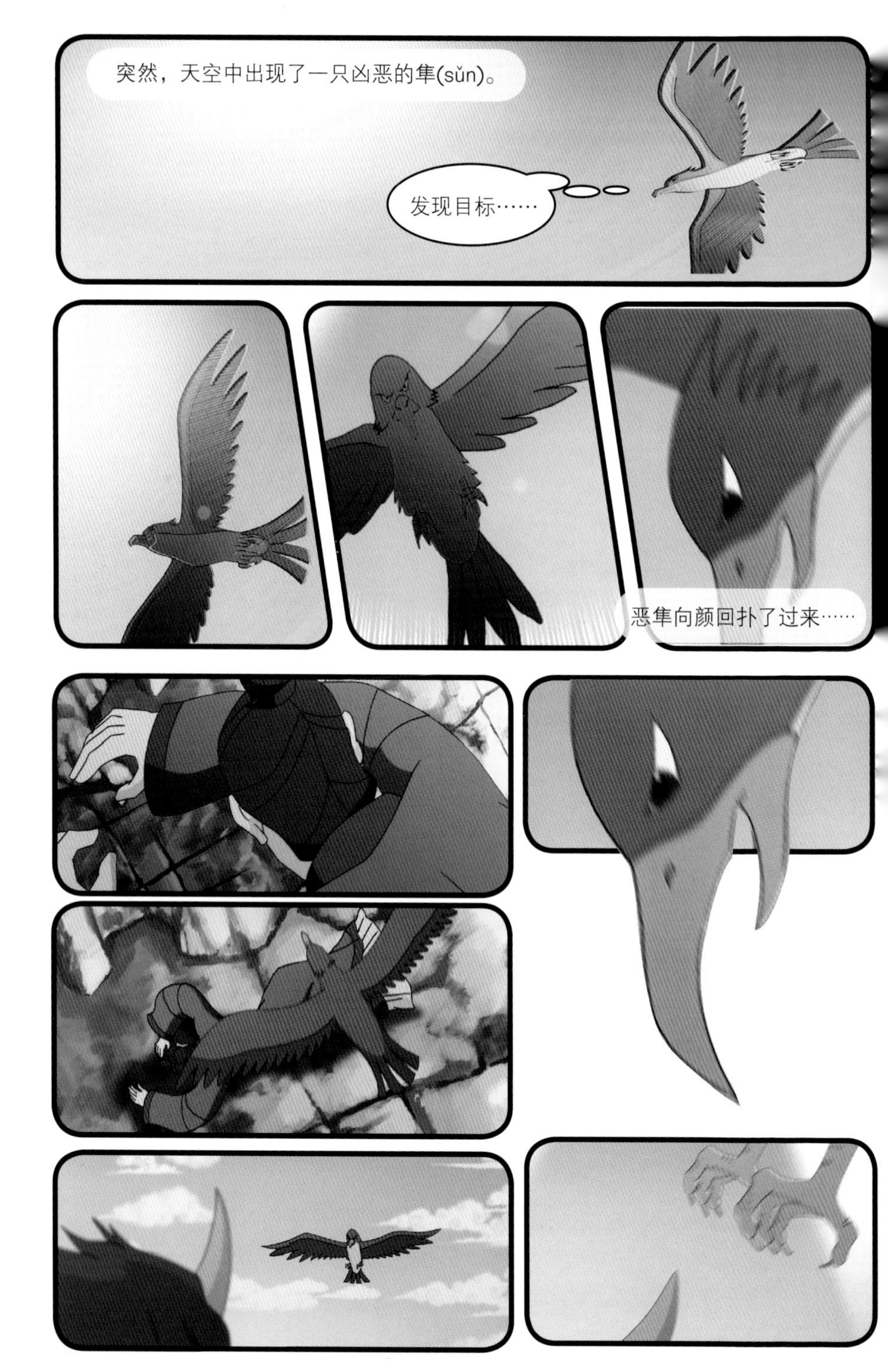
突然，天空中出现了一只凶恶的隼(sǔn)。
发现目标……
恶隼向颜回扑了过来……

千钧一发之际，一只独角猛兽——兕(sì)飞奔而来。
嗯哦！

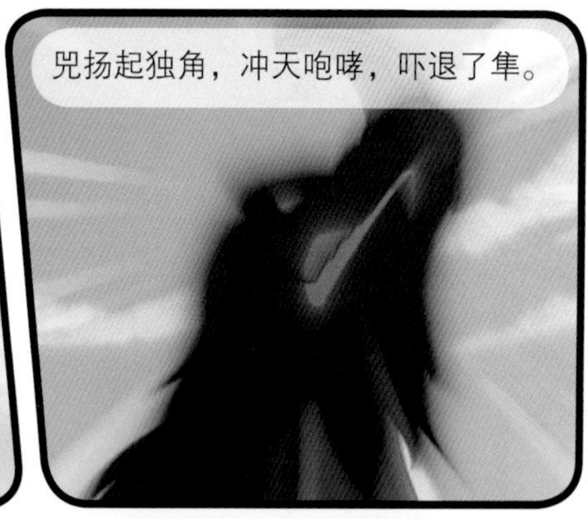
兕扬起独角，冲天咆哮，吓退了隼。

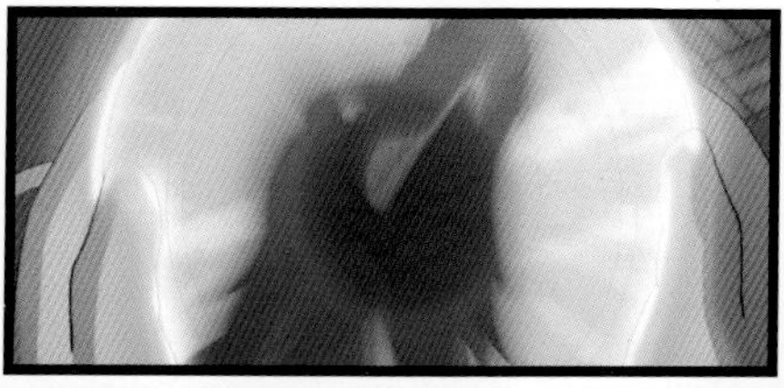

后来呢?

门闩跳动着，门快被撞开了。

我该走了，我要去找先生和兰花姐姐！

唉，这么艰苦，我能行吗？
可是，如果不去，我就见不到先生和兰花姐姐了。

砰——

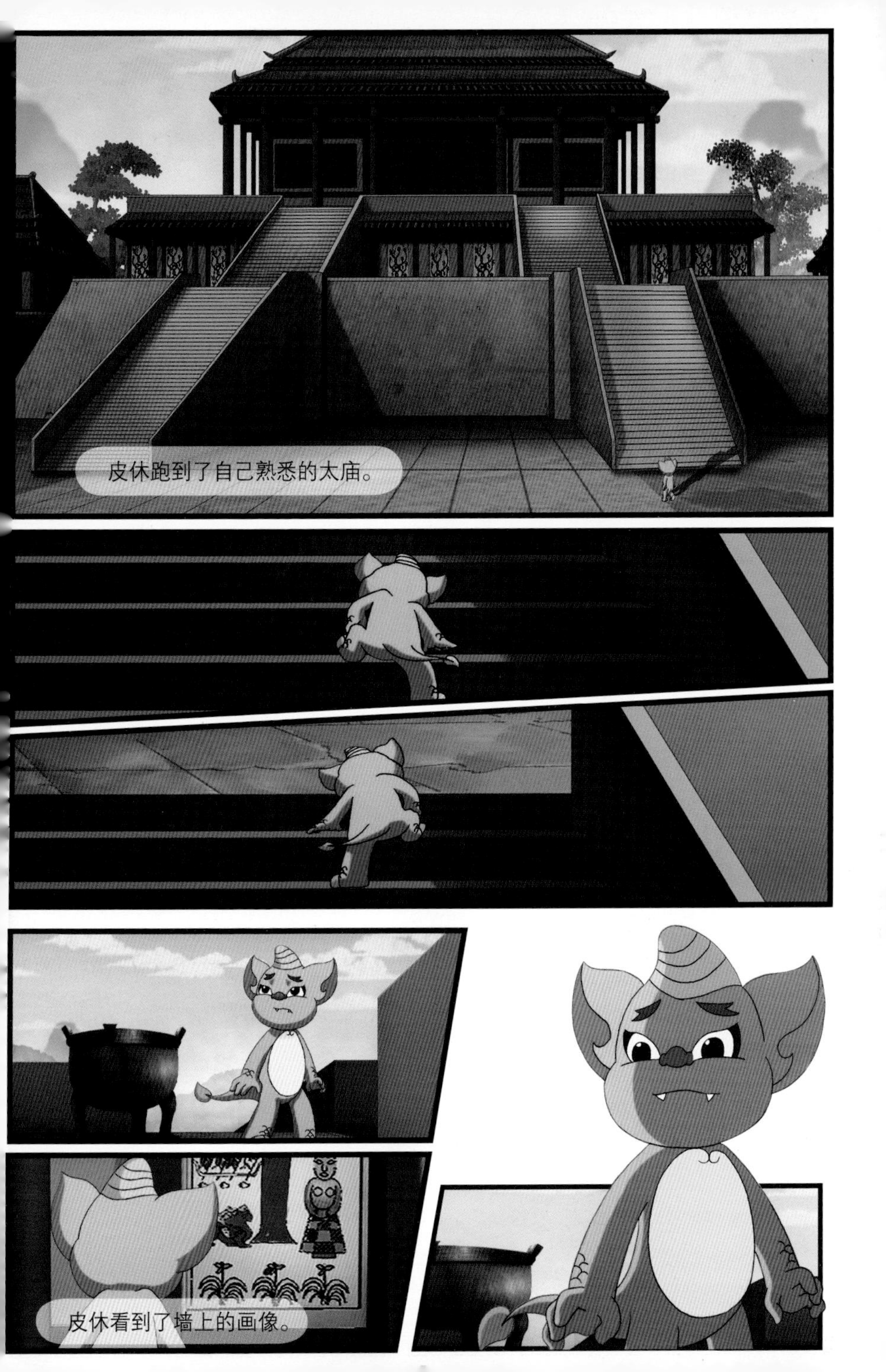
皮休跑到了自己熟悉的太庙。
皮休看到了墙上的画像。

皮休脑海中浮现出一幕幕的往事……
兰花姐姐!
它想起了兰花为自己缝制皮外套的情景。

它伤心地流下了泪。
皮休往前走去，推开了太庙的大门。

皮休走进太庙，一不留神碰到了一件青铜容器——盨(xǔ)。
皮休不由得想起了自己与子路、子贡等人制作宥(yòu)坐的情景。
呜呜……我还犹豫什么？我应该跟随先生！

小商羊，阿仁，
我要走了！
我会想念
你们的！

啾啾。

这时，季桓(huán)子等人也来到太庙。
皮休从太庙中出来，正好与季桓子相遇。
这小家伙跟墙上的画很像嘛……

我闪！
抓住他！
皮休被季桓子的随从一左一右夹住了。
大人，我在大司寇府中见过它。
哼哼。

放开我！
再不放我就……
哎哟！
皮休一溜烟地朝太庙中跑去。
别让它跑了！

皮休又跑回了太庙中。
我先躲起来。
季桓子的两个随从追了进来。

别躲了，我们
看见你了！

我在这儿！你们
抓不到我的！

皮休与季桓子的一个随从绕着柱子转起了圈。

这时，另一个随从包抄过来。
皮休灵巧地一跳，
他扑了个空。

汪汪！
啾啾！
你们光知道看热闹！

累死我了！

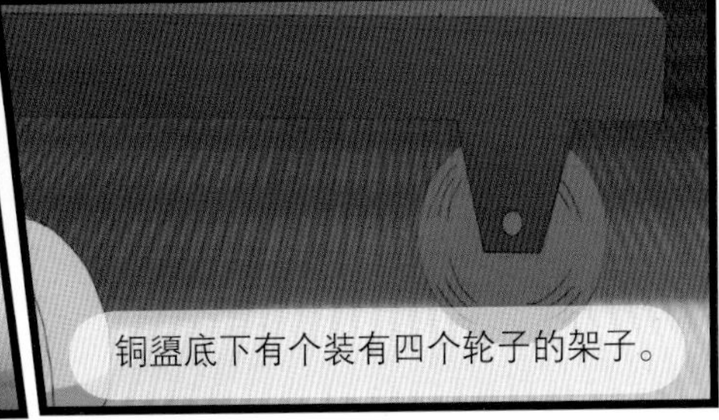
铜盝底下有个装有四个轮子的架子。

皮休靠着铜盝，害怕得直朝后退。
一名随从猛地扑向皮休。

随从打翻了铜盝，里面的黄豆撒了一地。

带轮子的架子飞快地朝皮休滚去。
皮休跳上架子滑行起来。

随从刚要站起来抓皮休，不料踩中了黄豆，仰面摔倒。
啊！
啾啾啾！
汪汪！

另一名随从绕过来抓皮休。

那名随从越追越近……

哈哈，你抓不到我！

情急之下，皮休做了一个前空翻动作。

啊！

啾啾，啾啾！
皮休转身往外跑，一头撞进了东野毕的怀里。

皮休，别闹了，快跟师己大人去追大司寇吧。
皮休一愣，看着东野毕。
呜——
阿仁，小商羊，这次我们真的要说再见了。我要追随先生云游四方去了。

师己请求季桓子出面挽留孔丘。

你还有什么要说的?
鲁国不能没有
大司寇啊!

可是，我不再需要他了。

大人!

师己徒劳无功，只得带上皮休
驾车去追孔丘。

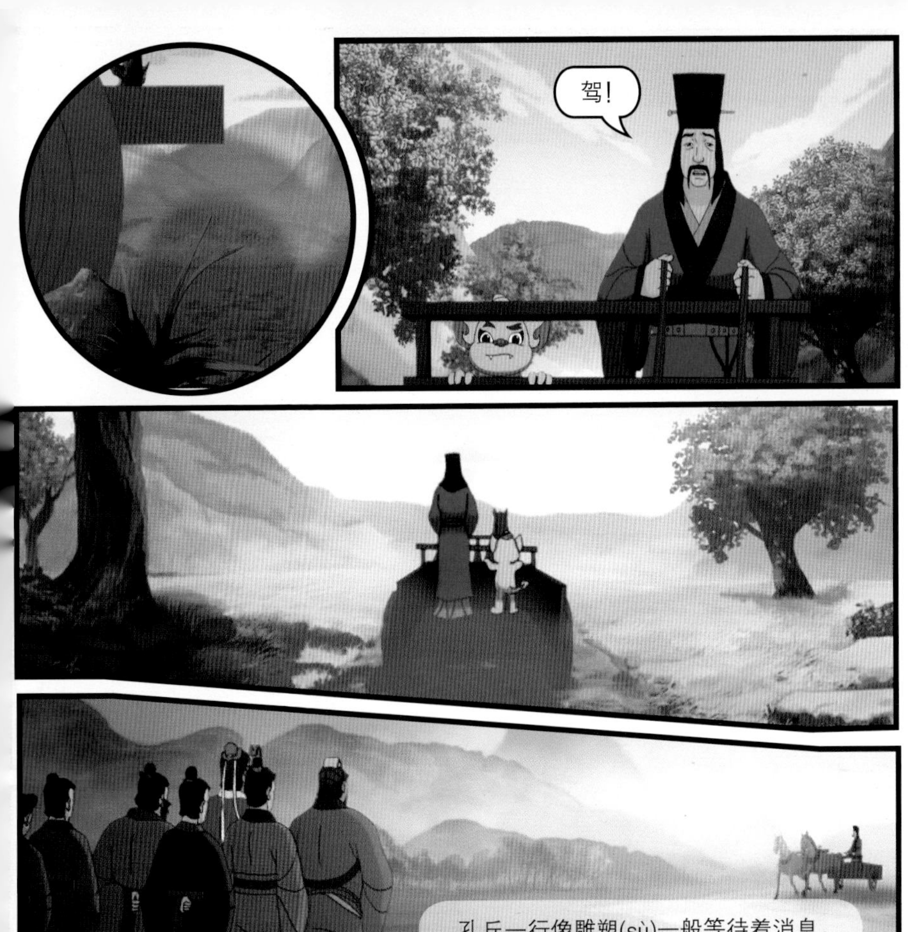
驾！

孔丘一行像雕塑(sù)一般等待着消息。

来了一辆马车！
看，是师己大人！

大司寇……
季氏大人说了什么？

季氏大人……
大司寇还是一路保重吧！
孔丘明白了师己的意思。
孔丘谢谢师己大人。
不，大司寇，您别走！您根本就没有过错，怎么能就这样离开呢？
我必须去追寻自己的理想！
夕阳落向天边的山丘，黄昏已来临。

皮休！你怎么来了？
先生。
皮休冲过去，抱住了孔丘的腿。

呜呜……先生。
颜回，你带好皮休。
皮休，快上车。

远山的后面露出半个夕阳，分别的时刻到了……

大司寇，我们等
着您重返鲁国。
好，我一定
会回来的。
驾！
大司寇，一定
要保重啊！
马车渐渐消失在夕阳的余晖里……